KB243696

마을은 맨천 구신이 돼서

시 백석

백석은 1912년 평안북도 정주에서 태어났습니다. 오산학교 재학 시절 선배 시인인 김소월을 좋아했습니다. 1929년 오산학교를 졸업한 뒤 일본으로 유학을 가 아오야마 대학교에서 영문학을 전공하고 귀국하여 1934년부터 조선일보사에서 출판 일을 했습니다. 1935년 시 <정주성(定州城)>을 발표하면서 시인으로 창작 활동을 시작했습니다. 1936년 스물다섯 살에 첫 시집 「사슴」을 펴냈습니다. 「사슴」은 빼어난 시로 각광을 받았습니다. 그 후 함흥 영생고보에서 잠시 영어 교사를 하다가 1940년도에 만주로 옮겨 가 살면서 백여 편의 시를 썼습니다. 1945년 해방이 되자 북한으로 귀국하였습니다. 북한에서 '집게네 네 형제', '까치와 물까치' 같은 동화시도 쓰고, 톨스토이, 체홉, 도스토옙스키들의 러시아 문학을 우리말로 옮겨 소개하는 일을 했습니다. 그러나 1960년대 이후에는 제대로 창작 활동을 못하다가 1996년 세상을 떠났습니다.

우리나라가 둘로 분단되면서 백석은 한때 남과 북에서 잊힌 시인이었습니다. 지금은 한국인들이 가장 사랑하는 시인 중 한 명이 되었습니다. 많은 시인들이 백석 문학의 영향을 받았다고 합니다. 우리 토박이말과 평안북도 사투리를 살려 우리 겨레의 얼과 풍속을 담은 백석의 시는 세월이 갈수록 더욱더 빛나고 있습니다.

그림 서선미

전북 순창에서 태어났고 세종대학교 영어영문과를 졸업했습니다.
한국일러스트레이션학교에서 그림책을 공부하고 「아기장수 우투리」, 「범아이」, 「북두칠성이 된 일곱 쌍둥이」 같은 책에 그림을 그렸습니다. 지금은 인왕산 자락에서 그림을 그리며 살고 있습니다.

마을은 맨천 구신이 돼서

초판 1쇄 펴냄 2018년 5월 30일

시 백석 | **그림** 서선미 | **디자인** 여현미 | **펴낸이** 정낙묵 | **펴낸 곳** 도서출판 고인돌
주소 경기도 파주시 꽃아마길 51 1층 (우)10884 | **전화** 031-943-2152
전송 031-943-2153 | **손전화** 010-2261-2654 | **전자우편** goindol08@hanmail.net | **출판 등록** 제406-2008-000009호

©서선미 2018
값 13,000원 | ISBN 978-89-94372-90-7 77810

「이 도서의 국립중앙도서관 출판예정도서목록(CIP)은 서지정보유통지원시스템 홈페이지(http://seoji.nl.go.kr)와
국가자료공동목록시스템(http://www.nl.go.kr/kolisnet)에서 이용하실 수 있습니다.(CIP제어번호: CIP2018011087)」

마을은 맨천 구신이 돼서

시 백석 그림 서선미

고인돌

나는 이 마을에 태어나기가 잘못이다

마을은 맨천 구신이 돼서
나는 무서워 오력을 펼 수 없다

자 방안에는 성주님

堂上父母千年壽
나는 성주님이 무서워
토방으로 나오면
토방에는 디운구신

膝下子孫萬歲榮

나는 무서워 부엌으로 들어가면
부엌에는 부뜨막에 조앙님

나는 뛰쳐나와 얼른 고방으로 숨어버리면
고방에는 또 시렁에 데석님

나는 이번에는 굴뚝 모퉁이로 달아가는데 굴통에는 굴대장군

얼흔이 나서 뒤울안으로 가면 뒤울안에는 곱새녕 아래 털능구신

나는 이제는 할 수 없이 대문을 열고 나가려는데
대문간에는 근력 세인 수문장

나는 겨우 대문을 삐쳐나 바깥으로 나와서
밭 마당귀 연자간 앞을 지나가는데 연자간에는 또 연자망구신

나는 고만 디겁을 하여 큰 행길로 나서서
마음 놓고 화리서리 걸어가다 보니

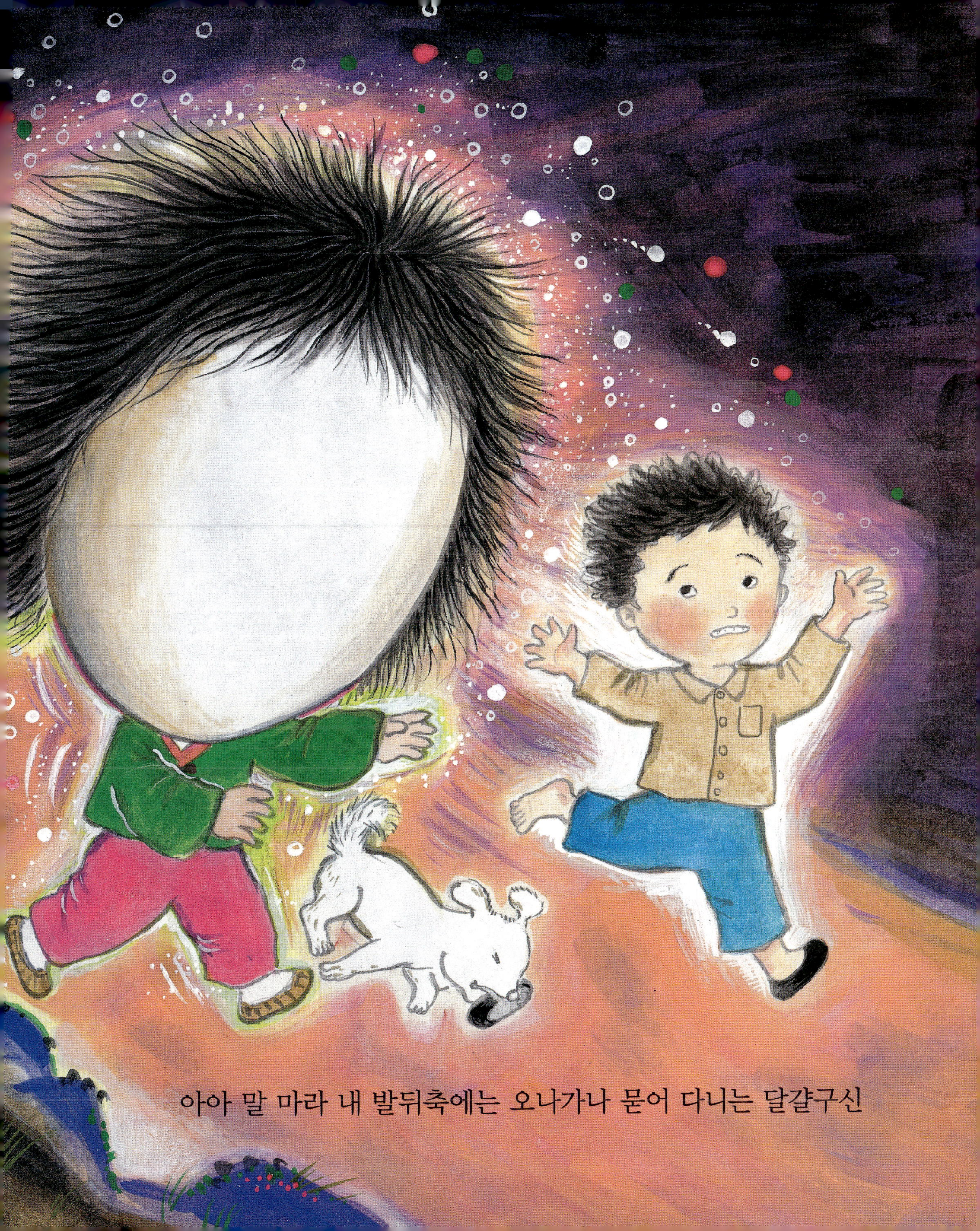

아아 말 마라 내 발뒤축에는 오나가나 묻어 다니는 달걀구신

마을은 온데간데 구신이 돼서
나는 아무 데도 갈 수 없다

마을은 맨천 구신이 돼서

백석

나는 이 마을에 태어나기가 잘못이다
마을은 맨천 구신이 돼서
나는 무서워 오력을 펼 수 없다
자 방안에는 성주님
나는 성주님이 무서워 토방으로 나오면 토방에는 디운구신
나는 무서워 부엌으로 들어가면 부엌에는 부뜨막에 조앙님

나는 뛰쳐나와 얼른 고방으로 숨어버리면 고방에는 또 시렁에 데석님
나는 이번에는 굴뚝 모퉁이로 달아가는데 굴통에는 굴대장군
얼혼이 나서 뒤울안으로 가면 뒤울안에는 곱새녕 아래 털능구신
나는 이제는 할 수 없이 대문을 열고 나가려는데 대문간에는 근력 세인 수문장

나는 겨우 대문을 삐쳐나 바깥으로 나와서
밭 마당귀 연자간 앞을 지나가는데 연자간에는 또 연자망구신
나는 고만 디겁을 하여 큰 행길로 나서서 마음 놓고 화리서리 걸어가다 보니
아아 말 마라 내 발뒤축에는 오나가나 묻어 다니는 달걀구신
마을은 온데간데 구신이 돼서 나는 아무 데도 갈 수 없다

구신 귀신
맨천 이곳저곳 가릴 곳 없이 모든 곳. 온 군데.
오력 오금. 무릎의 구부러지는 오목한 안쪽 부분. 오금이 저리다. (마음을 졸이다.)
부뜨막 부뚜막. 아궁이 위에 솥을 걸어 놓는 언저리.
토방 마루를 놓을 수 있는 처마 밑의 좀 높이 평평하게 다져진 흙바닥.
시렁 물건을 얹어 놓으려고 방이나 마루 벽에 긴 나무 두 개를 가로질러 선반처럼 만든 것.
굴통 굴뚝.

얼혼이 나서 얼이 빠져서.
곱새녕 초가집의 용마루나 토담 위를 지네 모양으로 엮어 덮은 이엉.
근력 세인 힘이 센.
디겁 기겁. 숨이 막힐 듯이 갑작스럽게 겁을 내며 놀람.
화리서리 마음 놓고 팔과 다리를 흔들면서 걸어가는 모습.
달걀구신 달걀귀신. 달걀 모양으로 생겼다는 귀신. 우리나라의 전설에 나타나는 귀신으로 눈, 코, 입, 귀가 없으며 달걀 같은 얼굴과 머리카락만 덩그러니 있다.

마을과 집을 지켜주는 귀신들

디운구신
집터를 지키며 땅속으로부터 올라오는 나쁜 기운을 눌러주며
땅의 운세를 관장하는 신. 큰방 문과 마주한 앞마당 한가운데 삽니다.
지운귀신의 평안북도 사투리.

성주님
모든 가택신을 통솔합니다.
집안의 할아버지와 같은 신.

조앙님
부뚜막의 불을 관장하며 부엌에 머무릅니다.
조왕신의 평안북도 사투리.

데석님
자손번창과 화복에 관한 일을 맡아보는 신.
오곡이 풍요롭도록 관장합니다.
제석신의 평안북도 사투리.

굴대장군
굴뚝에 있는 장군. 연기를 타고 하늘로 올라가
그 집안의 잘못한 일을 알립니다.
키가 크고 몸이 굵으며 살갗이 검습니다.

털능구신
뒤란이나 장독대를 지키는 신입니다.
집 뒤꼍의 장독대와 우물 옆에 머물며
장맛과 우물물을 지킵니다. 짚으로 만든
주저리에 모십니다. 털능구신은 철용 또는
철륭지신의 평안북도 사투리.

수문장
대문을 지키는 신장. 나쁜 기운이 들어오지
못하게 막아줍니다.

연자망구신
곡식을 찧는 연자방앗간에 있는 신.
연자망은 연자매(소가 끄는 커다란 방아.
연자방아)의 북한말.

「마을은 맨천 구신이 돼서」를 그린 이야기

서선미

어른이 된 지금도 세수할 때에 눈을 감으면 무서울 때가 있어요. 누군가 바로 옆에서 나를 바라보고 있을 것 같아서요. 그럴 땐 빨리 눈을 뜨려고 후닥닥 물을 끼얹었어요. 우습지요?

'이 세상에 정말 귀신이 있을까? 귀신을 만나면 어떻게 해야 하지?' 오빠, 작은오빠, 할머니와 시골에서 살던 어린 시절이 생각나요. 엄마 아빠는 서울에서 일하느라 바빴어요. 어느 날 아침이었어요. 잠을 자다가 눈을 떴는데 할머니가 안 보였어요. 부엌에 가봤더니 할머니가 아궁이에 불을 지펴놓고 가마솥에 밥을 짓고 있었습니다. 밥에 뜸이 드는 동안 부엌한 귀퉁이에 물을 한 사발 떠다 놓고 두 손을 모으고 "우리 식구 모두 아무 탈 없이 지내게 해주세요." 하면서 기도했어요. 부엌에 사는 조왕님이 가족의 건강을 지켜주길 바라면서요.

나는 백석의 시 '마을은 맨천 구신이 돼서'를 읽고 어린 나와 귀신들의 숨기 놀이라고 상상하며 그림책으로 그렸습니다. 나는 할머니 몰래 시렁에 걸린 메주에서 콩알을 떼어먹거나 차려놓은 밥상의 음식을 집어먹으며 장난을 칩니다. 그러면서도 귀신에게 혼날까 봐 눈치를 보며 집안 이곳저곳으로 피해봅니다. 하지만 집안 어느 곳에나 신들이 지키고 있어서 또 다른 장소로 달아납니다. 그러다가 얼떨결에 마을 밖으로까지 나가게 되는데 그곳에서 정말 무서운 달걀귀신을 만나 마을을 향해 젖 먹던 힘을 다해 되돌아옵니다.

마을 밖에는 무서운 귀신들이 많다고 했습니다. 짝을 맺지 못하고 죽었다는 처녀귀신과 몽달귀신, 물에 빠져 죽은 뒤로 지나가는 사람만 보면 물속으로 잡아끈다는 물귀신, 돌처럼

발길에 차이다가 점점 커져서 앞서가다가 휙 뒤돌아보면 얼굴이 없다는 달걀귀신, 빗자루에 붙어있다는 도깨비, 무덤가에 나타나 머리 위로 휙휙 날아다니며 사람 혼을 빼놓는다는 구미호(꼬리가 아홉 개 달려있는 여우)까지 온통 무서운 귀신 세상이었지요. 하지만 이 그림책에 나오는 귀신들은 사람을 해치지 않아요. 사람을 지켜주는 수호신입니다. 달걀귀신만 빼놓고요.

귀신을 어떻게 그려야 할까요? 한참 고민했어요. 디운구신은 집터를 지켜주는 신이니까 집 전체를 떠받치는 모습으로 그리려고 했어요. 하지만 집에 깔려 있는 느낌이 나서 디운구신이 불쌍해졌지요. 그래서 댓돌 옆에 숨어서 몰래 지켜보고 있다가 방 안으로 들어가려고 하는 나쁜 귀신들을 물리쳐주는 모습으로 그려봤어요. 성주님은 집안의 할아버지처럼 인자할 것 같아 수염 나고 나이 지긋한 모습으로 그렸어요. 틸능구신(철용귀신)은 뒤뜰의 장독과 우물을 지켜주니까 물을 다스리는 용의 모습으로 상상해보았답니다. 집 앞에서는 수문장이 지켜주고 집 뒤쪽은 재주가 많은 용이 지켜준다면 정말 든든할 것 같아요. 제석신은 보통 세 명이나 열두 명이 함께 다닌다고 해요. 어린이들은 맛있는 음식을 좋아하잖아요? 한창 클 때니까요. 그래서 꿀이며 곶감이며 맛있는 음식이 있는 고방에는 열두 명의 어린이 제석님을 그려보았습니다. 굴대장군이 화가 나면 연기와 티끌을 마구 뿜어 낼 거예요.

조왕님은 물에 빠진 적이 있어서 추위를 많이 탄대요. 그래서 부엌의 따뜻한 부뚜막에 머무르며 몸을 녹인다고 해요. 곡식을 빻는 연자방아에는 엄마가 자주 가니까 연자망귀신은 엄마처럼 그렸답니다.

고향이란, 집이란 언제나 내가 돌아갈 수 있는 곳이겠지요. 또 든든한 마을신들이 지켜주기에 안심이 되는 곳입니다. 섬진강이 흐르는 농촌에서 어린 시절을 보낸 화가는 평안도의 산자락 속에서 자란 어린 백석을 생각하며 그림을 그렸습니다.